Le réveillon de Noël

Pour Olivia,
vive la magie de Noël !
M.

www.flammarion-jeunesse.fr
www.jesuisencp.fr

Couleurs : Emmanuel Ristord et Sarah Murat

Éditions Flammarion – 82, rue Saint-Lazare – CS 10124 – 75009 Paris
ISBN : 9782080284495 – N° d'édition : L.01EJEN002078.A002 / 644382-1
Dépôt légal : novembre 2023
Imprimé en Espagne par Liberdúplex – août 2024
Loi n° 49-956 du 16 juillet 1949 sur les publications destinées à la jeunesse

Le réveillon de Noël

Texte de
Magdalena

Illustrations
d'**Emmanuel Ristord**

CASTOR POCHE

Notre classe de CP

Pour lire l'histoire, tourne la page !
Pour des activités autour de la lecture, va page 34 !

La journée est finie.
Maîtresse Julie dit :
« Joyeux Noël et bonnes vacances !
– Joyeux Noël, Maîtresse ! »
répondent les CP.

À la maison,
les triplés décorent le sapin.
Ils chantent :
« Mon beau sapin, roi des forêts,
Tu seras le mieux décoré. »

« On a mis des boules partout !
dit Léa.
– On a mis des guirlandes
tout autour ! dit Ana.
– Et l'étoile dorée tout en haut ! »
dit Noé.

Le lendemain matin,
Noé prépare des sablés de Noël.

« Ça donne faim ! dit Léa.
– Miam ! » dit Ana.

L'après-midi, les triplés vont
au marché de Noël.
« C'est si joli ! dit Noé.
– Tout me donne envie ! dit Ana.
– Moi, j'ai déjà choisi ! » dit Léa.

Devant un chalet,
il y a Basil avec son papa.

« J'ai trouvé un lampion
qui change de couleur, dit Basil.
– Moi, je préfère celui
avec les étoiles ! » dit Ana.

À la pâtisserie, Mia est là aussi.
Elle regarde les bûches avec envie.
Mia demande à Noé :
« Tu préfères quoi ?
– Comme toi ! » répond Noé.

Au retour, la nuit est tombée.
Les triplés marchent
avec leurs lampions.
Ils regardent les maisons.

Chez Alice, une couronne de l'avent
décore la porte d'entrée.
Chez Réda, une banderole
« Joyeux Noël » est accrochée.

« Demain, c'est la fête ! »
dit papa.

JOYEUX
NOEL

Pour la soirée du réveillon,
Léa, Ana et Noé portent
une tenue de Noël.
Ils font les fous.
Ils crient :
« La table est prête,
on fait la fête ? »

À la fin du repas,
les triplés chantent :
« La bûche, la bûche, la bûche !
– En voici trois ! »
dit papa, content de lui.

Tous rient !

Avant de se coucher,
Ana et Léa posent
leurs chaussons sous le sapin.

Noé dépose des sablés
et une part de bûche.
« C'est pour le Père Noël ! »

Devant la fenêtre,
les triplés regardent les étoiles.

« C'est une belle nuit de Noël ! »
dit maman.

Dans leur lit, Noé, Léa et Ana font le même vœu : voir le traîneau du Père Noël dans le ciel !

Je joue pour bien lire

1 **Regarde** bien ces deux couvertures du livre et **trouve** les 5 différences.

Réponse : les bougies sont éteintes, il manque un sablé, Noé a un serre-tête, la bûche a changé de goût, le titre.

2 **Lis** les syllabes.

mé plé ré blé sé

dé fé té ché né vé

Et maintenant, **lis** les mots :

sablés marché

soirée

3 **Montre** les images dans lesquelles tu entends le son [in] de « sap**in** ».

Réponse : 3) lutin, dauphin, moulin.

Je joue pour bien comprendre

1 **Remets** les images **dans l'ordre** de l'histoire.

a. 

b. 

c. 

d. 

Réponse : a, d, c, b.

2 **Montre** qui fait des sablés de Noël.

a. Ana   b. Léa   c. Noé

3 **Réponds** par vrai ou faux.

a. L'étoile dorée est en haut du sapin.

b. Basil est avec sa maman.

c. Papa a acheté cinq bûches.

d. Léa et Ana posent leurs chaussures sous le sapin.

Réponses : 2) c-Noé ; **3)** a-vrai, b-faux (sa maman = son papa), c-faux (cinq = trois), d-faux (chaussures = chaussons).

Je suis en CP

Retrouve les histoires de **Je suis en CP** pour t'accompagner tout au long de l'année.

1

C'est la rentrée !

Dispute à la récré

Le nouveau

C'est l'automne !

Alerte aux poux !

La fête à la cantine

Journée à la ferme

Un chien à l'école

Il neige !

Noël à l'école

Jaloux !

La galette des reines

À fond le foot !

Le réveillon de Noël

Quelles histoires as-tu déjà lues ?
Quelle est ta préférée ?
Lesquelles aimerais-tu lire ?

2

Jour de piscine

Maîtresse Julie est absente

Le bras cassé

Les anniversaires

Le lapin de la classe

Lou a deux maisons

Aux toilettes !

Noé a un secret

C'est carnaval !

Visite au Louvre

La classe de neige

Vive le ski !

3

Les amoureux

La fête de l'école

La classe de mer

Chez les pompiers

La médaille d'or

Au centre aéré

La maîtresse se marie

Vive les vacances !

La chasse aux œufs

À la chocolaterie !

Sauvons la planète !

La fête des parents

Plantons des arbres !

Musique !

Protégeons les abeilles !

Fous de sport !

Je suis en CP

Pédagogie Montessori

Mieux apprendre grâce aux neurosciences

Des méthodes et des cahiers d'apprentissage